JOSEPH JUSTIN

LE PÉRIL DOMINICAIN

> « Les vrais hommes de progrès sont ceux qui ont pour point de départ un respect profond du passé. »
>
> RENAN.

> « La paix est une excellente chose, et la « guerre un grand malheur ; mais il y a bien « des choses plus précieuses que la paix et « bien des choses plus malheureuses que la « guerre.
>
> PALMERSTON.

Caveant Consules !!!

PARIS

ALBERT SAVINE, ÉDITEUR

12, RUE DES PYRAMIDES, 12

LE PÉRIL DOMINICAIN

Pu

JOSEPH JUSTIN

LE PÉRIL DOMINICAIN

> « Les vrais hommes de progrès sont ceux
> qui ont pour point de départ un respect pro-
> fond du passé. »
>
> RENAN.

> « La paix est une excellente chose, et la
> « guerre un grand malheur ; mais il y a bien
> « des choses plus précieuses que la paix et
> « bien des choses plus malheureuses que la
> « guerre.
>
> PALMERSTON.

Caveant Consules !!

PARIS

ALBERT SAVINE, ÉDITEUR

12, RUE DES PYRAMIDES, 12

AVANT-PROPOS

Nous nous ensevelirons sous les ruines de notre Patrie plutôt que de laisser porter la moindre atteinte à nos droits politiques.

Le roi Henri Christophe.

La Patrie est notre mère commune ; sa gloire est notre patrimoine à nous tous, et tous nous devons cultiver ce patrimoine avec un égal amour.

Saint Rémy (des Cayes).

Qui n'aime sa patrie n'aime rien, et personne ne le doit aimer.

Louis-Joseph Janvier.

Est-ce qu'on emporte sa patrie à la semelle de ses souliers ?

Danton.

L'amour de la patrie est aux nations ce que
l'amour de la vie est à l'homme.

LAMARTINE.

Quant à nous qui aimons notre pays, nous sa-
luons avec une sympathie et un respect pro-
fonds tous ceux qui savent se dévouer à la dé-
fense du leur.

HENRI ROCHEFORT.

Y a-t-il deux façons d'aimer son pays? Celui
qui a la conscience de ses devoirs et le courage de
les accomplir; celui-là seul, aime sincèrement,
véritablement son pays. Parce qu'il sacrifie à la
conservation de son indépendance sa vie, ses
biens, sa volonté personnelle; parce qu'il voit la
vérité en face, parce qu'il souffre de la jalousie,
de la haine, de l'ambition et de la colère de ses
semblables.

J. JUSTIN.

Ma patrie est ma gloire et mon unique amour.

VICTOR HUGO.

Le plus beau des instincts de l'homme est l'a-
mour de la patrie.

CHATEAUBRIAND.

*La page qu'on va lire est tirée de mon livre inti-
tulé « Les Relations Extérieures d'Haïti. » Elle est
palpitante d'actualité. Elle fortifiera l'union de tous
les Haïtiens en leur inspirant une légitime fierté nationale. Elle rappellera que nos aïeux ont bravé les
périls pour conquérir le sol de la patrie et qu'ils
nous ont laissé des exemples de courage et de dé-
vouement.*

*Puissions-nous conserver intact cet héritage com-
mun!!!*

J. JUSTIN.

Paris, le 29 septembre 1895.

LE PÉRIL DOMINICAIN

La politique tortueuse, la politique de sensible-
rie, de sentimentalité de nos hommes d'Etat, ont
créé à notre pays un péril permanent. Ce péril,
c'est l'existence des deux Républiques sœurs, vi-
vant côte à côte et se regardant comme deux chiens
de faïence. Aujourd'hui, il n'y a pas de doute à
avoir. La République Dominicaine est une épée
de Damoclès, suspendue sur la tête des Haïtiens.
Oui, c'est une lourde épée qui peut, d'un moment
à l'autre, nous briser le crâne, si nous n'y prenons
garde. A quoi bon s'endormir dans une fausse sé-
curité. Vous devez connaître la vérité et la vérité
vous affranchira. Je le répète, la faute en est im-
putable à nos gouvernants, à ces grands politi-
ciens qui ont eu la direction de notre pays.

Boyer surtout a été le véritable artisan de tous
ces ennuis qui nous empêchent maintenant d'être

tranquilles. O Boyer, homme de malheur, que vous avez engendré des fruits amers à Haïti! Je ne cesserai jamais de flétrir la mémoire de ce chef d'Etat, qui a gouverné le peuple haïtien pendant vingt-cinq ans et qui n'a pas su marquer son passage par la trace d'aucun bien.

Comme on le sait, en vertu du traité de Bâle, la France possédait la partie de l'Est de l'île d'Haïti. Donc, elle se trouvait en possession de l'île entière. En 1804, quand le peuple haïtien se fut affranchi de l'obédience métropolitaine, il possédait non-seulement la partie ci-devant française, mais aussi une portion du territoire de l'Est que Christophe venait de conquérir sur les Français. Si on se le rappelle, ce n'est qu'en 1809 que l'Espagne, qui était en guerre avec la France, reprit possession du territoire de l'Est, à l'exception de la portion occupée par le peuple haïtien. Les choses étaient ainsi à l'état, lorsqu'en 1821, les habitants de la partie de l'Est, occupée par l'Espagne, s'insurgèrent contre l'autorité espagnole et s'incorporèrent au peuple haïtien. C'est ici que nous allons voir Jean-Pierre Boyer entrer en scène.

Le 12 janvier 1822, dans un ordre du jour, il disait entre autres choses: « Tous nos compatriotes de la partie ci-devant espagnole qui, reconnaissant leurs vrais intérêts, viennent de m'adresser leur soumission aux lois de la République, ont des droits sacrés à la protection du gouvernement. Ils doivent y compter avec confiance. »

Dans la proclamation du 15 janvier 1822, il s'exprimait ainsi : « L'heure est enfin arrivée où tout le territoire d'Haïti, doit jouir des bienfaits de notre constitution ; c'est pour l'accomplissement de cet objet important, que nous allons diriger nos pas dans la partie de l'Est de cette île. »

Le 26 août 1822, Boyer nomma une commission, chargée de prendre connaissance des propriétés qui pourraient appartenir à la République dans la partie de l'Est. Les membres de cette commission étaient : Colombel, Frémont, Paul fils, Caminero, P. Rouanez, Doleyres. Ces messieurs avaient à résoudre les cinq propositions suivantes :

1re proposition : — Les biens des individus de la partie de l'Est qui se sont absentés avant 1806, époque de la publication de la constitution, et qui ne se trouvent point aujourd'hui *habiter le territoire* de la République doivent-ils appartenir à l'Etat ?

2e proposition : — Les propriétés des individus qui se sont expatriés depuis l'époque du 1er décembre 1821, jour où la partie de l'Est se déclara indépendante, sous le commandement du citoyen Nunez, et depuis la rentrée du président Boyer à Santo-Domingo jusqu'à ce jour, doivent-elles faire partie des domaines nationaux ?

3ᵉ proposition : —Cette proposition est relative aux biens qui se trouvent grevés d'hypothèques, pour des sommes accusées en faveur des couvents, et dont les arrérages et le montant des hypothèques absorbent la totalité de leur valeur actuelle.

4ᵉ proposition : — Est-il convenable de maintenir dans la partie de l'Est les institutions connues sous le nom de majorat?

5ᵉ proposition : — Ne serait-il convenable d'abolir les chapellenies laïques ou mixtes, fondées dans la partie de l'Est, en s'entendant avec les propriétaires ?

Le 22 novembre 1822, Boyer fit la déclaration suivante :

« Les habitants de la partie orientale du territoire de la République, en rompant les liens qui les attachaient à l'Espagne, pour s'unir à la famille haïtienne, devaient naturellement espérer jouir des bienfaits de nos institutions et voir disparaître les coutumes et un système d'administration qui, sous leur ancien gouvernement, paralysant toute industrie et s'opposant à *toute amélioration agricole*, avaient tari toutes les sources de la prospérité publique et les avaient plongés dans l'apathie, le découragement et la misère. »

Il accorda un délai de quatre mois, à partir de la date de cette déclaration, aux habitants propriétaires de la partie de l'Est, qui avaient émigré avant le 9 février 1822, pour y rentrer et jouir de leurs biens. N'étaient point compris dans cette disposition les fauteurs qui s'étaient portés dans la baie de Samana, en février 1822.

A défaut par ces habitants d'user de la faculté ci-dessus mentionnée, toutes les propriétés foncières et immobilières qui leur appartenaient, devaient être irrévocablement échues à l'Etat.

Le 6 juillet 1824, on publia la loi qui détermina quels étaient les biens mobiliers et immobiliers, situés dans la partie de l'Est, qui revenaient à l'Etat, et on régla, à l'égard des particuliers de cette partie, le droit de propriété territoriale.

1° Etaient irrévocablement à l'Etat, toutes les propriétés reconnues appartenir au gouvernement antérieur ;

2° Tous les édifices des couvents de Saint-Dominique, Saint-François, la Mercie, Régina et Sainte-Claire, ainsi que diverses maisons, hattes, animaux, sols ou emplacement, qui, d'après les divers états soumis à la commission, appartenaient en totalité à ces couvents ;

3° Tous les édifices et dépendances des hospices de Saint-André, Saint Lazare et Saint Nicolas, sis à Santo Domingo, avec les propriétés à eux reconnues ;

4° Les biens de tous les français qui se trou-

vaient sous séquestre, par le ci-devant gouvernement espagnol de cette partie ;

5° Tous les biens reconnus appartenir aux per-
sonnes qui avaient coopéré à l'agression des français à la baie de Samana et qui avaient émigré
avec eux ;

6° Toutes les chapellenies ecclésiastiques qui,
par vétusté ou prescription, étaient tombées au
profit de l'archevêché et avaient été accordées à
des prêtres particuliers, pour en percevoir les re-
venus, lesquels prêtres étaient morts, ou absents
du territoire de la République ;

7° La cathédrale avait aussi plusieurs hypothèques fondées en sa faveur avec les fonds prove-
nant de la fabrique, la commission inclinait à croire
que ces biens devaient appartenir à l'État et rentrer dans les catégories déjà établies.

Voilà le lendemain de la réunion des deux parties de l'île d'Haïti la politique de Jean-Pierre
Boyer. Etait-ce une politique sage, modérée, une
politique de concorde et de conciliation ?

Etait-ce une politique de pacification, de saine
morale, de bonne justice? Non. Cette politique faisait
naître forcément, des haines, des rivalités, des
préjugés, des erreurs, des contestations, des pro-
cès. Elle faisait naître des ennemis irréconciliables.
C'était une politique de spoliation, une politique
inique.

Quand en 1789, l'assemblée constituante
transforma les biens du clergé en biens nationaux,
elle accomplit en cela une mesure purement ré-
volutionnaire. L'intérêt public, d'ailleurs, com-
mandait que le clergé fût dépossédé. Mais quand
l'État, usant de sa force, aliène ou confisque les
biens des particuliers sous des prétextes fallacieux,
il commet une injustice, une iniquité, surtout
quand ces biens ont été acquis par le travail de toute
une génération d'hommes. Quel est celui qui peut
soutenir sérieusement que les biens dont il s'agit,
étaient des biens vacants, des successions lais-
sées en déshérence à l'État ? Cela ne tient pas de-
bout. Est-ce en contestant le droit de propriété à
une catégorie d'hommes, en violant ce droit, en
attentant à l'égalité naturelle, qu'on arrive à for-
mer l'unité et l'indivisibilité d'un territoire ?
Cela est impossible. Les cœurs étaient aigris ;
la fraternité n'existait pas. Qu'on lise les relations du temps, on se rendra bien vite compte de
l'état d'esprit des Haïtiens à cette époque.

Boyer armait les mulâtres contre les noirs et
les noirs contre les mulâtres. Il est vraiment singulier que cet homme ait pu si longtemps se
cramponner au pouvoir. Car il n'y a pas eu un
président qui ait fait tant de mal au peuple haïtien.

Il a divisé toute cette grande famille et a semé

la haine et la discorde. La solidarité sociale était pour lui un vain mot. Il faisait sentir partout son système brutal et sanguinaire.

Après le meurtre du citoyen Darfour, homme de bien s'il en fût, il s'exprimait en ces termes... « En effet, qui eût pensé qu'après le dénoûment tragique de toutes ces conspirations, un autre agitateur aurait osé encore élever la voix pour abuser les citoyens et pour lancer parmi eux les brandons de la discorde ? Mais, Darfour, que la République avait accueilli, qu'elle avait adopté, auquel la clémence du gouvernement avait déjà accordé une fois la vie, l'ingrat respirait, et son âme dévorée du feu de l'ambition, méditait en secret le renversement de l'ordre social..... Enfin, la foudre éclata et l'imprudent qui l'avait attirée sur sa tête, périt consumé par elle..... Puisse ce dernier exemple ne pas être oublié comme les précédents. »

« Toutes les âmes généreuses, dit le Dr. Janvier, qui essayaient de protester par la plume, contre ses machiavéliques opérations, Boyer les immolait à sa colère.

« Il força le peuple à croupir dans l'ignorance et la superstition afin que, complètement abruti, il se laissât toujours conduire par lui ou par les héritiers de sa politique. » (1)

____

(1) Les Constitutions d'Haïti, p. 130.

En effet, d'après le fameux code rural de 1826, le noir ne pouvait quitter le district où il était né. Il ne pouvait posséder ni bateau, ni instrument de chasse ou de pêche. Qui pis est, le noir était contraint au travail par des *châtiments corporels* ; il ne pouvait habiter la ville ni se bâtir de maison, ni devenir marchand ou revendeur. Il était astreint *fatalement, héréditairement,* à travailler pour les autres. Je le demande, était-ce là l'œuvre d'un véritable homme d'État?

Par ce qui précède, on constate, à coup sûr, que la réunion des deux parties de l'île n'était pas faite avec toute la dextérité désirable.

Les dominicains déçus dans leurs espérances, mangèrent leur frein avec courage et soupirèrent après une occasion pour se détacher du peuple haïtien. Après la chute du tyran, l'œuvre fut consommée au grand détriment de l'unité nationale. Le 27 février 1844, une insurrection éclata, dirigée par don Pablo Dunte.

Les Dominicains se déclarèrent indépendants et élurent président, Pedro Satana, homme d'une grande énergie.

Les pièces qu'on va lire sont des plus convaincantes :

PROCLAMATION.

Ch. Hérard aîné, *Président* de la République Haïtienne.

Aux citoyens de la partie de l'Est de la République.

« Le gouvernement a vu avec peine que des esprits turbulents et mal intentionnés vous ont induits à tenter une scission avec la République. Il a déploré l'erreur dans laquelle vous êtes tombés ; elle ne peut qu'être funeste à la chose publique. Vous ne pouvez pas avoir oublié le machiavélisme du pouvoir déchu, ses actes sont encore présents à la mémoire de tous les haïtiens, et c'est à l'accord des sentiments de réprobation qu'il nous a inspirés, que nous devons le succès de notre révolution génératrice. Vous avez été à même de reconnaître que les promesses de cette révolution ne sont pas de vains mots. Le gouvernement provisoire vous en a constamment donné des preuves. Dans les principes consacrés par la constitution, il en est qui sont en harmonie avec les idées premières que vous vous êtes formées de l'état de société. Le gouvernement définitif s'est occupé et s'occupe encore chaque jour des moyens propres à appeler la prospérité et le bonheur parmi nous. Les décrets dont était porteur le conseiller du gouvernement provisoire, Delmonte, en sont des preuves irréfragables. Au conseil du gouvernement, et sur la proposition de l'un de nos concitoyens, il a été arrêté que des mesures seraient prises pour rendre navigable, la rivière d'Yaque, depuis son embouchure, jusqu'à près de 14 lieues de la ville de St. Yague.

Monte-Christ, dépourvu pour ainsi dire des moyens de subsistance, va voir refleurir dans son sein le commerce et l'abondance. Et c'est lorsque toute la sollicitude du gouvernement se consacre à votre bonheur que vous songez à vous séparer de la République, notre mère commune !

« Nous sommes tous des frères, et les causes de plaintes que vous pouvez avoir doivent être débattues en famille. Faites-les nous connaître, la loyauté du gouvernement et les principes de justice qu'il a adoptés, et dont il ne départira jamais, ne devraient vous laisser aucun doute sur l'impartialité de ses décisions. Mais si les conseils pervers de quelques hommes égoïstes et mus par des intentions criminelles étaient les seuls motifs qui vous portassent à vous séparer de la République, sachez que le gouvernement, ne pouvant, sans compromettre la nationalité haïtienne, souffrir d'ennemis dans son sein, ne reculera devant aucun sacrifice pour maintenir l'intégrité de son territoire.

« Première sentinelle de la République, et placé pour veiller à ses destinées et travailler à son bonheur, je viens au milieu de vous, accompagné de la garde nationale et de tous les braves qui ont concouru au triomphe de la génération. »

Cette proclamation a été faite le 7 mars 1844. Le 8 mars, un arrêté ferma les ports de la partie de l'Est. Le 9 mars, un décret alloua une somme de 60 mille gourdes pour les frais des dépenses de l'armée expéditionnaire. Le même jour la garde nationale fut mobilisée.

Le 12 mars, la proclamation suivante fut adressée au peuple et à l'armée :

Haïtiens,

« Un levain de discorde fermentait depuis longtemps dans la partie de l'Est, les iniquités du gouvernement déchu l'avaient entretenu, il avait tout fait pour s'aliéner le cœur des citoyens de l'orient comme ceux de l'occident de l'île. Tandis qu'il déshéritait les fils des fondateurs de l'indépendance de la gloire de leurs aïeux, tandis qu'ils s'efforçaient d'éteindre en eux les vertus républicaines. il accablait d'injustice les habitants des rives, de l'Ozama et du mont Cibao, s'opposait également au bien-être matériel et au développement de l'intelligence des uns et des autres ; aussi la haine de la tyrannie fut-elle égale, et le désir de s'affranchir était-il partagé? Mais une secrète antipathie, née sans doute de la différence des affections des deux populations, des traits de leur caractère ou de leur origine, et peut-être même de ce sentiment qui porte les opprimés à s'accuser mutuellement, couvait la haine des orientaux contre les occidentaux ; ceux-là rendaient ceux-ci solidaires des crimes et des fautes d'un gouvernement odieux à tous. »

A cette époque, on s'en souvient, la partie de l'ouest de l'île a été sans cesse agitée. On changeait alors de président comme on change de chemise. Il n'y avait pas d'unité de vues dans les opérations de guerre dirigées contre les dominicains.

Ce fut un véritable gâchis. Il n'est pas téméraire d'affirmer que la pacification de l'île aurait été un fait accompli dès les premières rencontres, sans nos dissensions intestines et sans le machiavélisme de quelques hommes de l'époque. Les haïtiens réputés pour leur bravoure battirent en maints endroits les dominicains qui étaient en nombre. Ils les assaillirent rigoureusement et les chassèrent de tous les quartiers, de tous les postes. Le général Morisset, chef de l'armée haïtienne, se signala particulièrement pendant cette campagne. Ce fut lui qui prit possession de Comendador, lieu de concentration de l'armée du gouvernement de l'Est. Il prit aussi possession de Las Matas et d'autres points aussi importants.

Malheureusement l'incurie, la mauvaise foi de nos gouvernants, ont empêché notre armée de remporter une victoire complète (1). Soulouque qui, quelques années plus tard, essaya de constituer l'unité nationale, ne fut guère plus heureux dans ses entreprises. Après quelques succès à Las Matas et Azua, il dut renoncer à ce projet. *Les bons bourgeois* de Port-au-Prince n'entendirent point de cette oreille. Qu'on se le rappelle bien, malgré cette scission territoriale, le peuple haïtien continuait à posséder la portion conquise par Christophe.

En 1855, l'Espagne reconnut l'indépendance des dominicains par traité et leur céda tous ses droits résultant de la conquête de 1809. Il est écrit dans l'article 1ᵉʳ de ce traité :

« Sa Majesté catholique, usant de la faculté que
« lui accorde le décret des cortès générales du
« Royaume en date du 4 décembre 1836, renonce

---

(1) La République dominicaine fut reconnue en 1848 par la France, en 1850 par l'Angleterre, et en 1854 par les Etats-Unis.

« pour toujours de la manière la plus formelle
« et la plus solennelle pour elle et pour ses
« successeurs, à la souveraineté et aux droits et
« actions qui lui appartiennent sur le territoire
« américain connu sous la dénomination de
« partie espagnole de l'île de Santo-Domingo, au-
« jourd'hui République Dominicaine, et S. M. C.
« cède et transporte cette souveraineté et ses
« droits d'actions à la dite République pour
« qu'elle use de l'une et des autres avec une
« faculté propre et absolue, suivant les lois qu'elle
« s'est donnée, où se donnerait à l'avenir dans
« l'exercice du Pouvoir Suprême que dès à pré-
« sent pour toujours S. M. lui reconnaît : »

L'article II était ainsi conçu :

« En conséquence de l'article qui précède, S. M. C.
» reconnaît la République Dominicaine comme
» libre, souveraine et indépendante, avec tous les
» territoires qui la constitueraient actuellement ou
» qui, à l'avenir, la constitueraient, territoires
» que S. M. C. désire et espère voir conserver tou-
» jours sous la domination de la race qui les peuple
» sans qu'ils puissent jamais passer, ni en tout,
» ni en partie en mains de races étrangères. »

Après cette déclaration, il semblait que l'existence politique de la province espagnole de Saint-
Domingue avait cessé complètement. Il n'en
était rien. Le gouvernement de Madrid nourris-

sait l'espoir d'exercer ses droits sur les territoires qu'ils venaient de céder. En 1861, la République Dominicaine, pour de puissants motifs, s'annexa à la couronne d'Espagne. La République d'Haïti, comme bien l'on pensait, protesta. Mais ses protestations n'eurent pas d'échos ; la France la paralysa.

En 1862, profitant de la guerre de Sécession, l'Espagne réclama au peuple haïtien la portion du territoire conquise, on s'en souvient, par Henri Christophe. Cette réclamation n'avait pas sa raison d'être. Car la possession du peuple haïtien se continuait sans interruption pendant une période de vingt-deux années consécutives, jusqu'en 1844. Et en joignant cette période à la durée de l'occupation de Christophe, la possession était de plus d'un demi-siècle. Il y avait donc alors prescription pleine entière.

Car l'Espagne, en reconnaissant la République Dominicaine, n'avait pas songé un instant à contester au gouvernement haïtien la propriété du territoire occupé. C'était donc qu'elle reconnaissait implicitement et en droit et en fait sa souveraineté sur la frontière de ce territoire. Comme dit Bluntschli, « il n'y a vraie occupation que lorsqu'elle est réelle et durable. »

« Un Etat ne viole pas donc le droit international en s'emparant d'une contrée dont un autre Etat n'aurait formellement pris possession à une époque antérieure (1). »

Aujourd'hui, on peut affirmer que la possession du peuple haïtien est incontestable ; elle repose sur la légalité et la tradition historique. De quoi s'agit-il ?

Il s'agit d'abord de savoir si les bourgs de Lascahobas, de Hinche, de Saint-Michel de l'Attalaye, de Saint Raphaël et de leurs territoires, etc., appartiennent à la République d'Haïti. On ne saurait assurément soutenir la négative. M. Hippolito Bellini, publiciste dominicain, commet, à mon sens, une grave erreur quand il prétend que la prescription ne peut plus s'appliquer en faveur d'Haïti, quand il prétend que la possession non interrompue de Saint-Michel, de Saint-Raphaël durant 80 ans et celle de Hinche, de Lascahobas pendant 39 ans ne constituent pas un droit parfait. Sur quoi donc appuie-t-il son affirmation ? Ignore-t-il que cette question des limites remonte aux premiers temps de la colonisation française ?

Il va sans dire que, jusqu'en l'année de 1777, Espagnols, Français, Anglais, n'ont jamais pu s'entendre sur la ligne de leurs possessions respectives. C'était le droit du plus fort qui l'empor-

---

(1). Bluntschli, Droit international codifié, p. 172.

tait. Certainement, je reconnais que le traité de 1777 dit traité de limites, était conclu en faveur de l'Espagne. Mais ce traité est-il opposable au peuple haïtien qui n'existait pas encore? La seule chose qui nous préoccupe pour l'instant, c'est la question de savoir si la prescription peut être invoquée en faveur du peuple haïtien. Oui, parce que le traité de 1777 avait virtuellement cessé d'exister par le fait de la renonciation de l'Espagne d'exercer son droit de souveraineté sur la colonie de Saint-Domingue. Le traité de Bale, 1er juillet 1795, l'atteste. Oui, parce que, en 1801, Toussaint Louverture en prit possession, en vertu de ce traité, au nom de la France. Dès lors, la province espagnole n'existait plus ni en droit ni en fait. L'île entière de Saint-Domingue était devenue française.

Ignore-t-on qu'en 1803, après l'évacuation du Cap par Rochambeau et l'armée française, tout le territoire de l'ancienne partie française et presque tous les bourgs sur la limite se trouvaient au pouvoir des Haïtiens?

Ignore-t-on qu'après 1804 Dessalines investissait la place de Santo-Domingo que défendait le général Ferrand? Le droit de l'Espagne pendant toute cette période n'existait pas, que je sache. Puisque de 1803 à 1809, le général Ferrand continuait à tenir Santo-Domingo pour la France.

Ce n'est qu'en 1809, comme je l'ai dit plus haut,

que l'Espagne reprit possession du territoire de l'Est, à l'exception des bourgs et de leurs dépendances qu'occupait le peuple haïtien. En 1814, la France ratifiait la conquête de l'Espagne en lui faisant rétrocession du droit résultant du traité de Bâle. Pourquoi l'Espagne n'avait pas alors protesté contre cette occupation??.. Il n'y a pas d'erreur, le peuple haïtien a le droit de son côté. Puisque cette question des limites frontières prend aujourd'hui une tournure si grave, il est dans les intérêts respectifs des deux États de la trancher définitivement. Seulement, nous n'entendons pas du tout faire bon marché de notre droit, nous n'entendons pas du tout faire des concessions au détriment de nos intérêts financiers (1). Comme on le voit, il y a une fausse interprétation de la part des dominicains.

L'indivision n'existe nulle part. La jouissance effective du peuple haïtien est incontestable. L'occupation est un mode d'acquérir la propriété d'une chose par la prise de possession de cette chose. Il y a prise de possession réelle et effective d'un territoire par un État, lorsque cet État a fait des actes de souveraineté sur ce territoire. Le tracé des frontières des deux Républiques est bien mar-

____

(1) Voir les articles 7, 8, 9, 10, 12, 14 du fameux traité de 1874.

qué. D'une manière générale, on peut dire que la frontière est marquée par une ligne sinueuse, mais suivant à peu près le même méridien depuis l'embouchure du Massacre jusqu'à l'embouchure du Pedernales. La limite passe a l'extrémité Ouest du lac Enriquillo et suit le cours du Pedernales jusqu'à la mer des Antilles. Aux Anses-à-Pîtres, Pedernales, le *thalweg* de la petite rivière sert en quelque sorte de limite. En somme, s'il y a litige, il se trouve sur la frontière de l'Ouest, car il est impossible de penser que les Dominicains puissent avoir la velléité d'invoquer des concessions sur les autres points. D'ailleurs, les habitants de ces quartiers qui sont des Haïtiens en grande majorité n'entendent nullement sacrifier leurs intérêts, et cela est de toute justice. Depuis la loi du 23 août 1895, en ce qui concerne les arrondissements de Mirebalais et de Lascahobas, une nouvelle délimitation a été déterminée. Les nouvelles limites partent du carrefour *Flandey* jusqu'à la *Roche plate*, tout en se dirigeant du sud à l'est. Dans sa direction au nord-ouest, le carrefour Flandey touche au plateau du *Morne Tonnerre* et descend jusqu'à atteindre le confluent de la source de la *Belle Hotesse et de l'Artibonite*. A mon sens, on devait accepter comme base d'arrangement définitif *l'uti possidetis* que le gouvernement haïtien est en droit d'invoquer. Du reste, cette base a été reconnue par le traité de 1874 (1). Ce n'est que de cette façon qu'on arriverait à mettre fin à cette périlleuse situation.

Après, interviendrait un *traité technique* rédigé par les soins d'une commission internationale, composée d'hommes de l'art, ingénieurs, nommés par les deux gouvernements intéressés. Ce traité tracerait dans ses moindres détails la ligne frontière, il s'occuperait aussi de résoudre de nombreuses questions que le voisinage des deux États pourrait soulever, telles que l'usage et l'entretien des chemins, etc. On peut citer à l'appui plusieurs exemples historiques. Le traité des Pyrénées conclu entre la France et l'Espagne, le 7 novembre 1659 et qui n'est devenu définitif que le 26 mai 1866, a été réglé dans ce sens. Ce fut aussi une commission internationale qui détermina la position de la ligne frontière entre la France et l'Allemagne. On peut voir à cet effet le procès-verbal de la délimitation qui a été ratifié le 11 mai 1877 par le Président de la République Française, et le 13 mai suivant par l'empereur Guillaume.

Je cite à titre d'exemples les articles 27 et 28 de ce règlement :

---

(1) Voir toujours le traité de paix, d'amitié, de navigation et d'extradition entre les deux Républiques en date du 9 novembre 1874.

Art. 27. — La conservation des bornes et autres signes déterminant la frontière sera confiée à la vigilance des autorités locales qui devront constater, par des procès-verbaux qu'elles transmettront aux autorités supérieures, les altérations que la limite aura pu éprouver.

Art. 28. — Des commissaires français et allemands, désignés à l'avance par leurs gouvernements respectifs, seront chargés de la surveillance de l'abornement; ils constateront dans chaque cas particulier la nécessité du remplacement des bornes endommagées ou de la mise en place des bornes déplacées. La dépense des travaux sera supportée également par les deux parties. »

Cette façon de trancher les incidents de frontière me paraît la plus rationnelle, la plus scientifique et, je dirai même, la plus juridique. C'est à cette base de règlement que les deux gouvernements intéressés devaient consentir. Le gouvernement haïtien, je ne crains pas de le dire, a commis une faute très grave en acceptant de soumettre le litige à un arbitrage. Ici, une sentence arbitrale n'est qu'un palliatif, non un remède énergique comme le réclame la situation. Vous allez en juger.

Aujourd'hui, il faut jouer carte sur table et ne rien laisser à l'exagération du soupçon ; car il y va de l'honneur et de la dignité de la nation haïtienne ;

il y va de son avenir. Comme dit Saint-Luc :
« il n'est rien de caché qui ne doive être mis à dé-
couvert, rien de secret qui ne doive être connu. »

Il faut poser d'abord ce dilemme : ou le peuple
haïtien possède des droits réels ou il n'en possède
pas.

Si nous possédons des droits réels, incontes-
tables, nous ne pouvons, en aucun cas, accepter
un arbitrage. Car, quand on accepte un arbitrage,
on est censé se soumettre d'ores et déjà à sa décision. A supposer que la décision du juge arbitre
nous soit défavorable, faudra-t-il l'accueillir dans
toutes ses parties? La question ne laisse pas d'être
très importante. Si c'est une critique, je me per-
mets de l'adresser au gouvernement de mon
pays. L'Etat haïtien a accepté trop précipitam-
ment l'offre qui lui a été faite *à dessein*. Il semble
accréditer les prétentions inadmissibles du peuple
dominicain qui n'a jamais pu se suffire à lui-même.

Procédons méthodiquement. De qui est composée cette commission d'arbitrage? Elle est composée du Pape, de MM. Cleveland et Bismarck
et de trois Etats : la Belgique, la Suisse et les
Etats-Unis.

A-t-on pensé un instant que les Etats-Unis sont
deux fois désignés? C'est un tort, un grave tort.
On va savoir pourquoi.

Le 11 février 1870, sous la présidence de

Buenaventura Baez, un décret du pouvoir exécutif invita le peuple dominicain à exprimer sa volonté de s'annexer à la République des Etats-Unis. Ce fameux décret ratifié par le Sénat, alors Chambre unique, fut promulgué le 15 janvier 1873. Aussitôt après sa promulgation, une Convention fut signée entre le gouvernement dominicain et un Syndicat de capitalistes américains auxquels étaient cédées la presqu'île et la baie de Samana, sous les conditions suivantes :

» *Paiement annuel au gouvernement dominicain*
» *de 150,000 dollars, pendant quatre-vingt-dix-*
» *neuf années, durée de la cession* (Voir art. 10) *;*
» *protectorat politique sur l'Etat dominicain établi*
» *par le gouvernement américain; droit reconnu au*
» *Syndicat de s'organiser politiquement comme il*
» *entend, d'aliéner tout ou partie des terrains du*
» *domaine national compris sur la baie de Samana,*
» *à n'importe quel Gouvernement particulier ou*
» *Compagnie.* »

Je le sais. Ce contrat de cession n'a pas été ratifié par le congrès américain. L'émotion était alors trop grande en Europe. La doctrine de Monroë recevait ainsi son entière application. Est-ce que de fait les américains ne sont pas maîtres du point convoité? Ignore-t-on qu'il existe dans la Dominicanie une voie ferrée en exploitation, reliant Samana à Conception de la Vega? Ignore-t-on qu'une autre se construit de Samana à Santo-Domingo ?

Pour quiconque connaît les Yankees, il n'est aucunement étrange que les Etats-Unis aient possédé des chemins de fer chez nos voisins. Le procédé a toujours réussi. Bref. Je disais donc que le projet d'acquisition n'a pas été accepté, et cela grâce à l'intervention armée du général Ignacio Gonzalès.

Mais, depuis... depuis cette tentative d'annexion, les gouvernants dominicains ne cessent de soutirer de l'argent aux Haïtiens, d'une façon ou de l'autre, en les menaçant de se donner aux Yankees. Ceci est avéré. On ne saurait le nier. Quant au président Heureaux, il est un des plus fervents apôtres de l'annexion de son pays aux Etats-Unis. Les faits l'accablent. En 1891, il eut une entrevue avec l'amiral Cherardy, de la marine des Etats-Unis, avec ce Cherardy qui avait tenté de nous intimider. Que s'est-il passé dans cette entrevue ? Il s'agissait simplement de céder, moyennant finances, Samana au gouvernement américain. En conséquence, M. Durham, le chargé d'affaires américain à Santo-Domingo, reçut des instructions pour conclure l'affaire proposée. Grâce encore à l'intervention du général Ignacio Gonzalès, ce honteux marché ne fut pas conclu. Pour s'en convaincre, qu'on lise le manifeste politique de ce général qui dévoila la politique américaine et la vénalité des hommes publics qui la soutiennent à Santo-Domingo.

Ulysse Heureaux est un vulgaire ambitieux. Cet homme qui commet des actes de banditisme révoltants trouve moyen de solidariser Haïti avec la Dominicanie.

C'est ainsi qu'à propos de l'affaire Boimare nos compatriotes ont eu à subir des vexations à Paris, comme s'ils étaient responsables des frasques du gouvernement dominicain. Il est vraiment singulier qu'on persiste à confondre ces deux républiques et leurs chefs respectifs...

Par ce qui précède, nous savons maintenant pourquoi les Etats-Unis ont intérêt à intervenir dans le différend qui nous divise avec la République Dominicaine.

Nous savons en outre pourquoi le président Heureaux a fait choix, parmi les arbitres, de M. Cleveland.

Et nous ne sommes aucunement étonnés que les Etats-Unis parmi les arbitres, aient été deux fois désignés. Le tour a été bien joué.

Si nous passons aux deux autres Etats, nous constaterons une étrange anomalie. La Belgique et la Suisse, deux pays neutres, sont désignés comme arbitres. Quelle aberration! Pour le cas qui nous occupe, n'allez pas objecter qu'on peut choisir comme arbitre, soit un souverain, soit un simple particulier, jurisconsulte ou diplomate. Ce sont ici des échappatoires qui n'ont pas leur raison d'être. Je le répète, le cas qui nous occupe est tout à fait exceptionnel. Est-ce que, ces deux pays neutres ont leur liberté d'allure ? Est-ce que, par le fait même de leur neutralité, ces Etats ne se trouvent pas circonvenus ?

Oui, je le sais, une sentence arbitrale, bien qu'obligatoire, ne peut pas, comme un jugement, être ramené à exécution par l'emploi des moyens coercitifs. Ceci est vrai en droit. Poussons le raisonnement jusqu'à son dernier retranchement. Je veux bien que la décision du juge arbitre soit favorable à la République d'Haïti. Les choses restent ainsi à l'état. Le gouvernement dominicain est obligé de se soumettre *dans toutes ses parties* à la décision du juge arbitre. Car, en consentant à remettre la solution du conflit à des arbitres, on s'était par cela même engagé implicitement à exécuter leur sentence. Mais il peut se faire que le gouvernement dominicain se sente le courage de refuser à exécuter la sentence rendue. Dans ces conditions, quelle garantie trouvez-vous dans ces deux pays neutres qui n'ont aucun rapport avec la guerre ? Est-ce la Suisse *avec sa flotte* qui viendra faire exécuter, dans sa pleine souveraineté, la sentence rendue ?

Ainsi qu'on le voit, les choses ne sont pas égales. Nous ne pouvons, en aucune manière, autoriser le gouvernement dominicain à fixer les compensations territoriales. Nous avons un droit parfait, un droit incontestable. Nous avons sur le territoire qui s'étend des Anses-à-Pîtres, jusqu'à l'endroit appelé Mare-à-Chat, un droit réel, imprescriptible. Nous devons le faire respecter par tous les moyens en notre pouvoir. Il m'est pénible de me donner pour prophète de malheurs. Mais est-on sûr que le peuple haïtien acceptera, sans mot dire, un verdict défavorable à ses droits et à ses intérêts ? Ce n'est pas bien le connaître. Le gouvernement d'Haïti a, suivant moi, accepté d'un cœur trop léger, le compromis qui a indiqué le mode de désignation des arbitres. D'ailleurs, je ne saurais trop le répéter, la question dont il s'agit, est une question qui met en jeu l'existence, l'indépendance et l'intégrité de notre pays. Les arbitres ne peuvent avoir aucune compétence en l'occurence. Je comprendrais bien, comme je l'ai dit plus haut, que les deux gouvernements intéressés aient nommé une commission internationale, composée de représentants, ayant une compétence spéciale pour trancher cette question qui, à part son caractère politique, est technique dans son essence. Ce n'est pas, certes, le vieillard de Friedrichsruhe, qui est en état de faire une ligne séparative. A propos de M. de Bismarck, n'est-ce pas impolitique de l'avoir accepté comme arbitre dans une affaire comme celle qui nous occupe? On semble, en vérité, ne pas tenir compte des susceptibilités. On semble aussi ignorer que toute la politique du chancelier de fer consistait dans la violation des droits des États faibles.

Espérons qu'il résultera de cet arbitrage une parfaite entente et que les deux gouvernements intéressés vivront, à l'avenir, en bonne harmonie et en bon voisinage, sans réclamation de part ni d'autre. En patriote sincère que je suis, je le désire de toute mon âme, de toutes mes forces, pour la prospérité de ces deux peuples qui, ayant une commune destinée, sont appelés à vivre sous un même drapeau.

Oui, il faut espérer que ces deux pays n'auront pas un jour à prononcer ce mot tristement célèbre : « Dieu est trop haut et le pape est trop loin. »

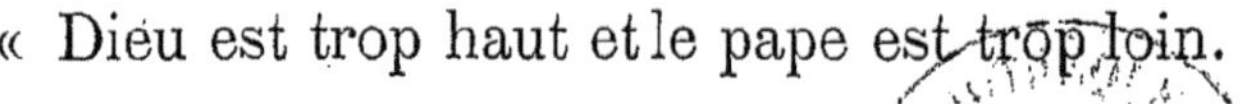

TYPOGRAPHIE A. MALVERGE, 171, RUE ST-DENIS, PARIS

Typ. A. MALVERGE, 171, rue Saint-Denis, Paris.

www.ingramcontent.com/pod-product-compliance
Ingram Content Group UK Ltd.
Pitfield, Milton Keynes, MK11 3LW, UK
UKHW020057100726
13658UKWH00004B/1814